LER FAZ A CABEÇA
TEXTOS BRASILEIROS
RESPOSTAS
VOLUME 4

 1 Crime Perfeito

1. (7), (3), (6), (1), (4), (5), (2)

2. Belo viajou para São Paulo para comprar as luvas, depositou dinheiro no banco alguns minutos antes do assalto.

   Juca foi ao Paraná buscar as três pistolas cedidas por Liberato, e foi ao banco retirar um talão de cheques.

   Tenório preparou as máscaras e roubou o carro quinze minutos antes do assalto.

3. a. Abandonaram o carro no meio do mato.
   b. Fugiram com as bicicletas por um caminho de terra pouco usado, em direção ao barraco abandonado.
   c. Liquidaram as provas do crime.
   d. Voltaram a pé para a cidade.

4. a. retirar, b. pegaram, c. contraí, d. colha
   e. levaram uma surra.

5. *Horizontais*
   2. algema, 4. perito, 6. cliente, 7. graúdo
   Verticais
   1. beco, 2. arrabaldes, 3. álibi, 5. veterano

6. a. tinha falado, b. tinha sido, c. tinha viajado, d. tinha preparado, e. tinham saído

7. b. Juca tinha exposto o plano.
   c. Belo levou o dinheiro ao banco.
   d. Eles colocaram as máscaras.
   e. Os ladrões abandonaram o carro.
   f. A polícia apanhou Tenório na esquina da alfaiataria.
   g. Eles não entendiam como a polícia os descobriu.
   h. Enviaram os três para São Paulo.

2 Ano novo, vida nova

1. 4, 1, 5, 2, 8, 7, 6, 3

2. filosófico, cínico, machista, aproveitador, livre, antipático, pessimista

3. Vou embora. Cansei desta vida. Não quero mais ser explorada por você. Vou viver com um estivador perto do porto.

   Francisca

4. a) de nada me adianta
   b) não guardo nenhum rancor a Francisca
   c) escrever é uma conquista recente de Francisca
   d) esteve à minha altura
   e) por opção
   f) me tornei pobre de verdade
   g) momentaneamente aliviada, retorna feroz

5. b) traz, c) percebo, d) entregou, e) era suficiente, f) estava batendo g) pôs, h) abandonou, i) saiu do j) parou de

6. b) acaba de extrair o dente
   c) acaba de perceber que é 31 de dezembro
   d) acaba de acordar
   e) acaba de sair do dentista

7. a) a não ser, b) inclusive, c) a não ser, d) inclusive, e) a não ser

3 Eu sei, mas não devia

3. De acordo com o texto associa-se vida a: agressão, progres-

so, dinheiro, poluição, solidão, resignação, consumo, escuridão, concreto, cansaço, relógio, arranha-céu, supermercado

4. 1(c), 2(f), 3(h), 4(b), 5(g), 6(e), 7(d), 8(a)

5. b) acenda a luz mais cedo
   c) tome café correndo
   d) leiamos o jornal no ônibus
   e) coma sanduíches
   f) paguem por tudo
   g) saia do trabalho
   h) sorríamos para as pessoas
   i) façam fila para pagar
   j) engula publicidade

6. por que, porquê, porque, por que, por quê

O emprego

2. a) viu, b) iam, vão, c) foi, d) veio, tinha vindo, e) viram, estão vendo, f) foi, g) irá, h) vejo

3. a) Casas são vendidas.
   b) Aulas de português são dadas.
   c) Objetos usados serão comprados.
   d) Jornais têm sido lidos.
   e) Espero que a verdade seja falada.
   f) Os assassinos foram mortos.
   g) Antigamente não eram encontrados muitos empregos.

4 . b) montado — desmontado
   c) entendido — desentendido
   d) orientado — desorientado
   e) ordenado — desordenado
   f) centralizado — descentralizado
   g) acordado — desacordado
   h) favorecido — desfavorecido
   i) respeitado — desrespeitado

5 . b) .....poderia me ajudar...
   c) .....dedicou-se.......
   d) .....desistiu.
   e) .....foi à toa.
   f) .....foi mais difícil....
   g) .....entendem-se bem.
   h) .....teve bom resultado.
   i) .....resolveram improvisadamente........

6. a) Henrique procura um emprego há dias.
   b) O dono da loja atende os clientes às segundas-feiras há muito tempo.
   c) Eu falo português há alguns meses.
   d) Eu moro no Brasil há anos.

5   A farsa e os farsantes

2. a) A farsa é o fingimento da menina mais velha.
   b) Os farsantes são o pai e a filha mais velha.

3. 1) fragilidade
   2) fiapo
   3) agarrar

4) farsa
5) argumentar
6) insinuar
7) revolto
8) bochecha

4. a) receou, b) passeio, c) se pentearam, d) penteie, e) se barbeava, f) passeassem, g) pentearei, h) se barbeia, i) receamos

5. a) Se ela não fizer o trabalho, também não farei.
   b) Se ela não vier para a aula, também não virei.
   c) Se ela não vir o filme, também não verei.
   d) Se ela não disser a verdade, também não direi.
   e) Se ela não trouxer o dinheiro, também não trarei.
   f) Se ela não puser os livros na estante, também não porei.

6. a) Ainda que ela faça o trabalho, eu não farei.
   b) Ainda que ela venha para a aula, eu não virei.
   c) Ainda que ela veja o filme, eu não verei.
   d) Ainda que ela diga a verdade, eu não direi.
   e) Ainda que ela traga o dinheiro, eu não trarei.
   f) Ainda que ela ponha os livros na estante, eu não porei.

7. menor, maior, pior, melhor

8. a) a, b) em, c) de, d) a, e) para, f) do, g) para, h) para

6 A festa

1. muita gente, vinho, alegria, luz, cerveja, comida boa, flores, música, dança

2. b

3. Para a família humilde ir ao bar comer sanduíches com molho é uma festa. Eles se comportam compenetradamente, seguem um ritual durante a refeição.
O rapaz oferece o molho porque ele se sensibiliza com a atitude dos fregueses. Ele tenta melhorar o sanduíche.

4. Ele percebeu que o pai não tinha muito dinheiro e quis ajudá-los a tornar aquele momento muito especial.

5. a) Janelão, b) salão, c) meninão, d) sanduichão

6. a) mesinha, b) pãozinho c) mãozinha, d) golinhos,

7. a) menos, b) mais,
   c) mais, d) nada, e) muito

8. a) 3, b) 6, c) 1, d) 2, e) 4, f) 5

9. a) calmamente, b) cuidadosamente, c) criteriosamente, d) apressadamente, e) solenemente

7 A cesta

1. mulher — alvoroçada, chorosa, prudente, realista, curiosa, desconsolada, materialista
   marido — querido, gostava de bons vinhos, generoso, sonhador, idealista, grande escritor, de bem, honesto

2. (e)

4. 1(c), 2(a), 3(h), 4(i), 5(g), 6(b), 7(d), 8(e), 9(f)

5. a) teve, b) foi, c) esteve, d) leram, e) puderam, f) quis, g) fez, h) viram, i) ouviu

6. b) enlatado/a, c) encabeçado/a, d) enrugado, e) empacotado (m antes de b e p) f) encadernado
   1. enlatada, 2. encabeçada, 3. encadernada, 4. empacotada
   5. enrugado, 6. engarrafado

7. b) O cartão já foi lido pela mulher.
   c) Os objetos da cesta foram examinados por ele.
   d) Um esforço foi feito pelo marido para se lembrar.
   e) As garrafas foram colocadas na cesta pela esposa.
   f) O presente foi recebido pela mulher.

LER FAZ A CABEÇA
TEXTOS BRASILEIROS

Dados Internacionais de Catalogação na Publicação (CIP)
(Câmara Brasileira do Livro, SP, Brasil)

Voos, Eliana Callil.
  Ler faz a cabeça : textos brasileiros, 4 / Eliana Callil Voos. -- São Paulo : EPU, 1992.

  Bibliografia.
  ISBN 85-12-54130-X

  1. Português - Estudo e ensino - Estudantes estrangeiros 2. Português - Livros-texto para estrangeiros I. Título.

92-2288   CDD-469.824

Índices para catálogo sistemático:
1. Português : Livros-texto para estrangeiros 469.824
2. Português para estrangeiros 469.824

LER FAZ A CABEÇA
TEXTOS BRASILEIROS

Crime perfeito
Chico Anísio

Ano novo, vida nova
Moacyr Scliar

Eu sei, mas não devia
Marina Colassanti

O emprego
Carlos Heitor Cony

A farsa e os farsantes
Carlos Heitor Cony

A festa
Wander Piroli

A cesta
Paulo Mendes Campos

E.P.U. EDITORA PEDAGÓGICA E UNIVERSITÁRIA LTDA.

Eliana Callil Voos, licenciada em Língua Portuguesa, Literatura Brasileira e Portuguesa, e bacharel em Ciências Sociais pela Universidade de São Paulo. Professora de Português para Estrangeiros desde 1975. *Ornaldo Fleitas* é produtor gráfico, diagramador e ilustrador.

ISBN 85-12-54130-X

© E.P.U. — Editora Pedagógica e Universitária Ltda., São Paulo, 1992.
Todos os direitos reservados. A reprodução desta obra, no todo ou em parte, por qualquer meio, sem autorização expressa da Editora, sujeitará o infrator, nos termos da lei nº 6.895, de 17-12-1980, à penalidade prevista nos artigos 184 e 186 do Código Penal, a saber: reclusão de um a quatro anos.
E.P.U. — Rua Joaquim Floriano, 72 — 6º andar — salas 65/68 (Ed. São Paulo Head Offices) CEP 04534-000 — Tel. (011) 829-6077 —
Fax. (011) 820-5803 — C.P. 7509 — Cep 01064-970 — São Paulo — SP
Impresso no Brasil   Printed in Brazil

Apresentação

A melhor forma de verificar o grau de aprendizagem de uma língua estrangeira é pôr em prática os conhecimentos adquiridos.

LER FAZ A CABEÇA

é uma série de "textos brasileiros" autênticos, ordenados em grau crescente de dificuldade lingüística. Nestes livros/cadernos o estudante do Português (do Brasil) encontra textos de escritores brasileiros que contam em linguagem moderna a vida do Brasil rural, do Brasil das grandes metrópoles, do Brasil das florestas tropicais. Através destes textos o leitor pode formar uma visão da cultura e do folclore, do espírito do povo e dos problemas sociais do Brasil, e suas origens históricas e condicionamentos geográficos.
Antes de iniciar os vários exercícios (de aprofundamento gramatical) são colocadas tarefas de compreensão do conteúdo do texto de cada estória. A seguir — e partindo do texto — são apresentados para aprofundamento

— exercícios gramaticais
— atividades para ampliação do vocabulário
— regras para a formação de palavras novas
— sugestões para a discussão de temas controversos (ecologia, transformação social, racismo, etc.)
— jogos de (com) palavras cruzadas
— e muitos outros.

O vocabulário que excede os conhecimentos básicos pressupostos é explicado em notas de rodapé ou através de desenhos marginais.

As *Respostas de todos* os exercícios se encontram no encarte. Breves bio-bibliografias dos autores dos textos completam o volume.

Sumário

Crime Perfeito (Chico Anísio) 3
Exercícios 7

Ano novo, vida nova (Moacyr Scliar) 11
Exercícios 15

Eu sei, mas não devia (Marina Colassanti) 19
Exercícios 23

O emprego (Carlos Heitor Cony) 27
Exercícios 31

A farsa e os farsantes (Carlos Heitor Cony) 35
Exercícios 40

A Festa (Wander Piroli) 43
Exercícios 46

A Cesta (Paulo Mendes Campos) 51
Exercícios 57

Biografias 61
Referências bibliográficas 71

Crime perfeito

1. Leia o texto e numere os desenhos na ordem certa:

Crime perfeito

Tanto os jornais falavam em assalto e todos eles com aparência de terem terminado bem-sucedidos, que os três rapazes resolveram que assaltar o banco de Valtinópolis não seria um mau negócio.
Assim é que marcaram encontro num casarão abandonado nos arrabaldes da cidade, onde tramaram[1] o plano, considerado perfeito.
Sob a luz de um candeeiro,[2] Belo, Juca e Tenório desenharam, do melhor modo possível, o mapa da cidade, com suas ruas e becos, traçando, depois, o trajeto[3] a ser seguido pelo carro com o dinheiro tirado do banco. Calculavam que abiscoitassem[4] cento e cinqüenta milhões antigos, dinheiro da municipalidade, tesouro em que botariam as mãos. Término de misérias e problemas.
Belo viajou para São Paulo, aparentando inocência de uma filha de Maria.[5] Iria à capital comprar as luvas que impediriam o descuido de impressões digitais deixadas em algum ponto do banco. Juca foi ao Paraná, onde entraria em contato com um tal Liberato, que lhe cederia as armas — três pistolas Mauser — com as quais trabalhariam. Quanto a Tenório, prepararia as máscaras, alfaiate que era. Máscaras que cobririam o rosto inteiro, de modo que apenas os olhos ficassem de fora.

---

1. elaboraram, prepararam
2. lampião, aparelho de iluminação
3. caminho
4. (gíria) conseguissem
5. religiosa

— E o carro?
— Roubamos um, quinze minutos antes do assalto, e o abandonamos depois, na estrada para Tatuis.
— Certo. Pelo mato voltamos ao nosso barraco, exatamente no lado oposto a Tatuis.
— Perfeito. Enterramos o dinheiro e só botamos a mão nele cinco meses depois.

Combinaram ainda que, a cada dois meses, um deles mudaria para São Paulo, que fariam um depósito trinta minutos antes do assalto (Belo seria o depositante); que Juca iria ao banco vinte minutos antes do roubo, para apanhar um talão de cheques, e conversaria dois minutos com o caixa. Tenório, encarregado de conseguir o carro, seria o único a não ter o quase-álibi, mas aceitava isso com tranqüilidade — olho a brilhar pelos milhões que lhe caberiam.

Liberato, o do Paraná, receberia quinze por cento da dinheirama[6], e, perito que era em assaltos, tinha achado perfeito tudo que os três haviam imaginado, o que lhe tinha sido exposto por Juca quando fora apanhar as pistolas.

Belo e Juca voltaram de São Paulo e Curitiba em dias separados. Tenório já tinha prontas as máscaras que, experimentadas, ficaram perfeitas. Era dia 4, véspera do dia. Nesta noite os três não dormiram.

Todo o dinheiro que possuíam — noventa cruzeiros antigos — foi levado por Belo ao banco.

— Eu queria fazer um depósito — falou alto para se fazer notar.

Saiu na hora em que Juca entrava a pedir um novo talão de cheques.

---

6. grande quantidade de dinheiro

Da porta Belo pôde ver Juca conversando com o caixa como o planejado.

Na esquina da Rua XV com Praça Olavo Bilac, os três se encontraram.

Tenório, à direção do carro roubado, vinha mais calmo do que era de se supor. Parecia um veterano. No trajeto para o banco as máscaras foram colocadas.

O carro parou à porta do banco e os três mascarados desceram com a Mauser apontada para o guarda, que foi obrigado a se pôr no chão, de bruços, já sem a arma que trazia no coldre.

Não falavam para que a voz não os traísse.

Os funcionários do banco, temerosos de um tiro, erguiam os braços pacificamente. Dois ou três clientes junto ao balcão aquietavam-se o mais possível. O caixa entregou sem relutância todo o dinheiro que tinha à mão, e o gerente, sob a ameaça da arma de Tenório, abriu o caixa-forte de onde o dinheiro graúdo pulou para as maletas que levavam.

Dois minutos depois a Polícia chegou.

Nesta hora, o carro já saía da estrada, embrenhando-se pelo mato crescido, onde foi abandonado. Três bicicletas, uma das quais com bagageiro, ali os esperavam desde a noite anterior. No bagageiro socaram as maletas recheadas e, pelo caminho de terra só usado por cavalos e charretes, pedalaram loucos, à procura do barraco abandonado.

Liquidaram, então, uma a uma as provas do crime e voltaram a pé para a cidade, onde chegaram já à noite.

À porta da casa de Belo quatro homens o esperavam e lhe deram voz de prisão, enquanto lhe colocavam algemas.
Quando Juca entrou em casa, seis homens saltaram sobre ele, imobilizando-o e levando-o preso sem maiores explicações.
Tenório foi apanhado na esquina da sua alfaiataria e enfiado numa viatura da Polícia que o levou à Delegacia de Valtinópolis.
Exatamente duas horas após o assalto sem erro, Belo, Juca e Tenório, algemados e vencidos, escutaram a frase seca e autoritária do delegado.
— Muito bem. Onde está o dinheiro?
Os três não entendiam. Onde estava o erro? As luvas, as máscaras, o depósito, o talão de cheques, a conversa com o caixa, os álibis perfeitos, o carro abandonado, a estradinha de terra percorrida de bicicleta sem que vivalma os visse, o dinheiro e tudo mais enterrado e bem enterrado, as bicicletas que jaziam no fundo do Rio Açu...
— O dinheiro, onde está?
Contaram tudo, para que as coisas não piorassem. Mas não atinaram[7] para o erro. Qual teria sido o lapso?
Em Valtinópolis, sempre sem entender como tinham sido descobertos, os três foram enviados para cumprir pena em São Paulo.
Foram postos em celas separadas, Belo, Juca e Tenório. Os três únicos anões da cidade, por acaso.

CHICO ANÍSIO. Feijoada no Copa. Rio de Janeiro.

---

7. perceberam

EXERCÍCIOS

2. Qual a missão de cada assaltante antes do crime?

   a. Belo _____

   b. Juca _____

   c. Tenório _____

3. O que os três assaltantes fizeram depois do golpe para confundir a polícia?

   a. _____
   b. _____
   c. _____
   d. _____

4. Substitua o verbo apanhar por seu correspondente:

   contrair, contaminar-se, retirar, pegar, colher, levar uma surra

   a. Juca iria ao banco *apanhar* outro talão de cheque.
   _____

   b. Os três ladrões *apanharam* as armas e partiram.
   _____

   c. Com a mudança de tempo, *apanhei* um resfriado.
   _____

   d. Não *apanhe* frutas daquela árvore.
   _____

   e. Os assaltantes *apanharam* na polícia.
   _____

5. Palavras cruzadas. Procure no texto:

Vertical

1. rua estreita e curta, geralmente sem saída
2. em volta da cidade
3. afirmação que prova a presença de alguém em outro lugar no momento de um crime
5. antigo e com prática no ofício

Horizontal

2. ferro com que se prende alguém pelos punhos
4. especialista em determinado assunto
6. freguês
7. grande, desenvolvido.

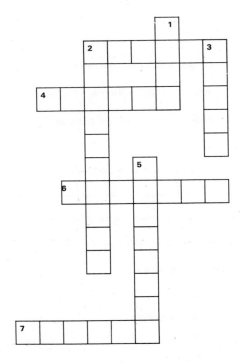

6. quando *fora* apanhar as pistolas
..... tinha ido .....

Siga o modelo:

a. O jornal *falara* do assalto.

b. O encontro *fora* marcado num casarão abandonado.

c. Belo *viajara* para São Paulo, aparentando inocência.

d. Tenório *preparara* as máscaras.

e. Quando a polícia chegou, os assaltantes já *saíram*.

7. Passe para a voz ativa:

a. Tenório foi encarregado de conseguir um carro.

b. O plano tinha sido exposto por Juca.

c. O dinheiro foi levado por Belo ao banco.

d. As máscaras foram colocadas por eles.

e. O carro foi abandonado pelos ladrões.

f. Tenório foi apanhado pela polícia na esquina da alfaiataria.

g. Eles não entendiam como tinham sido descobertos pela polícia.

h. Os três foram enviados para São Paulo.

Ano novo, vida nova

1. Leia o texto e coloque as frases na ordem dos acontecimentos:
    ( ) Ele se lembra de sua juventude
    ( ) O narrador chora por causa de dores
    ( ) Ele vai ao dentista
    ( ) O narrador faz ginástica
    ( ) Ele se lembra da festa de Ano Novo na casa do tio
    ( ) Ele vai para a cidade cuspindo sangue
    ( ) O dentista extrai um dente dele sem anestesia
    ( ) Ele lê um bilhete de sua namorada

Ano novo, vida nova

Vida é dor, e acordo com dor de dentes. O dia é belíssimo, um sol de verão invade o barraco; quanto a mim, choro de dor. Choro também por outras razões, mas principalmente de dor. Vida é combate. De nada me adianta ficar deitado. Levanto-me e começo a fazer ginástica. Ao fletir[1] o tronco, dou com o bilhete de Francisca, em cima da cadeira. Escrever é uma conquista recente de Francisca, que freqüenta, com muito sacrifício, um curso noturno de alfabetização. A caligrafia melhora dia a dia, constato, desdobrando a mensagem que, infelizmente, não me dá outros motivos de satisfação: Francisca acaba de me deixar, optando por um estivador[2] — o que afinal de contas está bem de acordo com a falta de sensibilidade dela, mas me cria problemas: quem vai cozinhar? quem vai arrumar o barraco? quem vai me arranjar dinheiro para o cinema? Ai, vida é preocupação.

Mas vida também é alegria. O Sol brilha, a ginástica me faz bem, e, se Francisca me deixou, mulheres não me faltarão. Aliás, não guardo nenhum rancor a Francisca. Ela nunca esteve à minha altura. Porque, se hoje moro em barraco, é por opção: fui criado por um tio rico, e nada me faltou a não ser o tédio[3]. Por causa deste[4] me tornei hippie. Depois resolvi profissionalizar-me e me tornei pobre de verdade. Foi assim que vim morar neste

---
1. dobrar
2. trabalhador do porto
3. monotonia
4. do tédio

barraco, a princípio sozinho; mais tarde trouxe Francisca, então uma simples empregada doméstica, uma analfabeta. Agora ela me deixou. Mas não tem nada, vamos em frente, amanhã será outro dia.
A dor de dentes, momentaneamente aliviada, retorna feroz. Preciso ir a um dentista, concluo. Cachaça com fumo não vai me adiantar, principalmente se a gente não tem como é o meu caso — nem cachaça nem fumo. Nestas horas me arrependo um pouco de ter deixado o lar do meu tio. Pelo menos, não deveria ter jogado fora o cartão de crédito que ele me deu.
Decido ir ao dentista da associação beneficente da vila que trata os pobres de graça[5]. O dentista é uma bela pessoa, gordinho e simpático; examina-me rapidamente e decide que o caso é de extração. Posso escolher, informa-me; extração com anestesia (o que me custará uma módica quantia), ou sem. Escolho sem, e berro[6] enquanto o dente é arrancado. O dentista pensa que é de dor que eu grito, mas se engana: berro de satisfação pelo dinheiro poupado. Gastar só para me tornar insensível? Absurdo. Vida é sofrimento; sofrer é tragar[7] a vida a grandes goles, conforme explico ao dentista ao me despedir, com a boca cheia de sangue.
Cuspindo glóbulos pelos caminhos empoeirados[8] da vila desço à cidade, com o propósito de arranjar um café, senão o da manhã, pelo menos o da tarde: são quase três horas.

---

5. gratuitamente
6. grito com força
7. beber
8. com pó

O movimento nas ruas do centro me surpreende. Uma quantidade enorme de pessoas, nas ruas, nas lojas. E aí me dou conta: é 31 de dezembro. O último dia do ano!

Vida é emoção. Lembro-me de como eu e o tio comemorávamos a passagem do ano: muito doce, muito champanha. O tio, esquecia de dizer, era importador de vinhos finos, de modo que o champanha era sempre do melhor, embora eu custasse um pouco a me embebedar com ele. A noite de 31 de dezembro era de sonhos e esperanças. Lembrando-me disso, sento na sarjeta e choro, choro...

MOACYR SCLIAR

EXERCÍCIOS

2. Escolha as palavras que caracterizam o narrador:
   ( ) filosófico, ( ) cínico, ( ) machista, ( ) otimista, ( ) simpático, ( ) aproveitador, ( ) livre, ( ) antipático, ( ) pessimista

3. Escreva o bilhete de Francisca. Estas palavras vão ajudar:

ir embora	viver com	vida	porto
cansar de	querer	estivador	explorada

4. Substitua as expressões sublinhadas pelas correspondentes no texto:
a) Ficar deitado *não resolve* meus problemas.

b) ...não *tenho raiva* de Francisca.

c) Francisca *aprendeu a escrever há pouco tempo*.

d) Francisca nunca *foi do meu nível social*.

e) ...hoje moro num barraco porque *quero*.

f) ...eu *fiquei* pobre realmente.

g) A dor de dentes *por um momento mais fraca, volta forte*.

5. Os verbos dar e deixar são usados com significados diferentes. Substitua-os nas frases:

dar   encontrar inesperadamente
        trazer
        perceber
        entregar
        bater
        ser suficiente

a) Ao fletir o tronco *dei com* o bilhete de Francisca.
                  encontrei inesperadamente
b) ...a mensagem não *me dá* motivos de satisfação,

c) E aí *me dou conta*: é 31 de dezembro.

d) Francisca *não lhe deu* o bilhete pessoalmente.

e) O dinheiro *não dava* para pagar um dentista particular.

f) Quando ele foi para a cidade o relógio *estava dando* quase três horas

deixar { abandonar / parar de / pôr / sair de

g) Francisca deixou um bilhete em cima da mesa.

h) Agora Francisca me deixou.

i) Ele deixou o barraco para ir ao dentista.

j) Com o tempo ele deixou de ser hippie.

6. Complete as frases com acabar de + infinitivo:

a) Francisca acaba de me deixar
b) Ele está com sangue na boca porque _____

c) Ele chora na sarjeta porque _____
d) _____, levanta-se e faz ginástica.
e) Ele vai para o centro logo que _____

7. Ele largou tudo, inclusive o cartão de crédito.
   Não havia problemas na casa do tio, a não ser o tédio.
   Complete com inclusive ou a não ser.

   a) Naquele momento ele não queria nada, _____ livrar-se da dor.
   b) Ele deixou tudo que o tio lhe deu, _____ o cartão de crédito.
   c) Francisca não fazia falta, _____ para limpar a casa e dar dinheiro para ele.
   d) Ele chora por muitas razões _____ por dor de dente.
   e) Não há mais ninguém no barraco _____ ele.

8. Agora faça duas frases usando:
   a) inclusive _____
   b) a não ser _____

1. Como é um dia normal de sua vida? Escreva tudo o que você faz desde que se levanta.

2. O que você gostaria de mudar no seu dia-a-dia? Por quê?

Eu sei, mas não devia

Eu sei, mas não devia. Eu sei que a gente se acostuma. Mas não devia. A gente se acostuma a morar em apartamentos de fundos e a não ter outra vista que não as janelas ao redor. E porque não tem vista, logo se acostuma a não olhar para fora. E porque não olha para fora, logo se acostuma a não abrir as cortinas. E porque não abre as cortinas, logo se acostuma a acender mais cedo a luz. E à medida que se acostuma, esquece o sol, esquece o ar, esquece a amplidão.[1]

A gente se acostuma a acordar de manhã, sobressaltada porque está na hora. A tomar café correndo porque está atrasado. A ler o jornal no ônibus porque não

---
1. grande extensão

pode perder o tempo de viagem. A comer sanduíches porque não dá para almoçar. A sair do trabalho porque já é noite. A cochilar no ônibus porque está cansado. A deitar cedo e dormir pesado sem ter vivido o dia.

A gente se acostuma a abrir o jornal e a ler sobre a guerra. E aceitando a guerra, aceita os mortos e que haja números para os mortos. E aceitando os números aceita não acreditar nas negociações de paz, aceita ler todo dia de guerra, dos números de longa duração.

A gente se acostuma a esperar o dia inteiro e ouvir no telefone: "Hoje não posso ir". A sorrir para as pessoas sem receber um sorriso de volta. A ser ignorado quando precisava tanto ser visto.

A gente se acostuma a pagar por tudo o que deseja e de que necessita. A lutar para ganhar o dinheiro com que se paga. E a ganhar menos do que precisa. E a fazer fila para pagar. E a pagar muito mais do que as coisas valem. E a saber que cada vez pagará mais. E a procurar mais trabalho para ganhar mais dinheiro, para ter com que pagar nas filas em que se cobra.

A gente se acostuma a andar nas ruas e ver cartazes. A abrir revistas e ver anúncios. A ligar a televisão e assistir comerciais. A ir ao cinema e engolir publicidade. A ser instigado, conduzido, desnorteado[2], ançado[3] na infindável catarata dos produtos.

A gente se acostuma à poluição. À luz artificial de ligeiro tremor. Ao choque que os olhos levam na luz natural. Às bactérias de água potável. À contaminação da água do mar. À lenta morte dos rios. Se acostuma a não ouvir passarinhos, a não ter galo de madrugada, a temer

---

2. desorientado
3. preso

a hidrofobia dos cães, a não colher fruta no pé, a não ter sequer uma planta.

A gente se acostuma a coisas demais, para não sofrer. Em doses pequenas, tentando não perceber, vai se afastando uma dor aqui, um ressentimento ali, uma revolta acolá.[4] Se o cinema está cheio, a gente se senta na primeira fila e torce um pouco o pescoço. Se a praia está contaminada, a gente molha só o pé e sua no resto do corpo. Se o trabalho está duro, a gente se consola pensando no fim de semana. E se no fim de semana não há muito o que fazer, a gente vai dormir cedo e ainda fica satisfeito porque tem sempre o sono atrasado.

A gente se acostuma para não ralar na aspereza, para preservar a pele. Se acostuma para evitar feridas, sangramentos para esquivar-se da faca e da baioneta, para poupar o peito. A gente se acostuma para poupar a vida. Que aos poucos se gasta, e que de tanto se acostumar, se perde de si mesma.

MARINA COLASSANTI

---

4. lá

EXERCÍCIOS

3. O texto fala sobre a vida da gente. Quais destas palavras se associam ao conteúdo do texto?

4. Relacione com os sinônimos:
   1 ( ) se acostuma a acordar *sobressaltada* (a) fugir
   2 ( ) A *cochilar* no ônibus (b) raiva
   3 ( ) A gente se acostuma a ser *instigado* (c) assustada
   4 ( ) a temer a *hidrofobia* dos cães (d) encostar
   5 ( ) a gente se senta na primeira fila e (e) transpira
   torce um pouco o nariz
   6 ( ) *sua* no resto do corpo (f) dormir levemente
   7 ( ) para não *ralar* na aspereza (g) vira
   8 ( ) para *esquivar-se* da faca (h) provocado

5. Complete:
   Logo se acostuma a
   a) não olhar para fora
      É importante que você não olhe para fora.
   b) acender a luz mais cedo
      É preciso que eu _____
   c) tomar o café correndo
      Peço que você não _____

d) ler o jornal no ônibus
   Talvez nós _____
e) comer sanduíches
   Pode ser que ele _____
f) pagar por tudo
   É possível que eles _____
g) sair do trabalho
   É bom que você _____
h) sorrir para as pessoas
   É importante que nós _____
i) fazer fila para pagar
   É melhor que eles _____
j) engolir publicidade
   Duvido que você não _____

6. E porque não tem vista, logo se acostuma a não olhar para fora.

   Complete com: porque, por que, porquê, por quê

   Não sei _____ nós nos acostumamos, passivamente, a tantas coisas. Geralmente é difícil descobrir o _____ de nossos atos. Talvez seja _____ já fomos condicionados desde a infância a aceitar tudo. _____ não questionamos as regras pré-estabelecidas? _____ ?

25

O emprego

1. Com qual destes itens você associa emprego? Enumere em ordem de importância:

segurança	1. _____
realização pessoal	2. _____
conforto	3. _____
dinheiro	4. _____
sobrevivência	5. _____
relacionamento social	6. _____
vocação	7. _____
monotonia	8. _____
progresso	9. _____
crescimento	10. _____
talento	11. _____

O emprego

Uma tarde, eu vinha voltando cansado de mais uma tentativa. Peguei o ônibus errado. Quando percebi que ia em direção contrária, puxei a campainha. Desci numa zona totalmente desconhecida. Nas ruas estreitas, alinhavam-se diversas lojas. Procurei o ponto de ônibus que me levasse para o centro. Então vi a placa — **Consertam-se rádios e aparelhos elétricos.** Foi como reencontrar um rosto amigo.

A loja era pequena e apertada. Um garoto me atendeu de má vontade.
— Quero falar com o dono.
— Ele está lá dentro. É cobrança?
— Não. Quero falar com ele.
— Passe por trás do balcão. O velho está furioso.

A oficina não era muito maior que a loja. Não havia janelas e a iluminação vinha de uma única lâmpada, colocada no centro da peça. O homem, inclinado sobre um rádio desmontado, resmungava[1] sozinho. Alguma coisa me lembrou o velho Gomes. E isso me fez sentir em casa. Ele levantou a cabeça quando entrei.

— Se é conta para pagar, pode ir dando o fora. Só faço pagamento às segundas-feiras.
— Estou procurando trabalho. Entendo bastante de eletricidade.
— Entrou no lugar errado. Todo mundo acha que sabe endireitar estas drogas elétricas. Como se fosse fácil! Não preciso de ajudante para ter que ensinar o que é uma válvula e para o que serve!

---

1. reclamava

— Tenho prática. Estudei muito. Consertei os sinais da Estrada de Ferro e...
— Chega de conversa! Se sabe mesmo consertar um rádio, comece por este aqui. Faz dois dias que trabalho nele e está cada vez pior.
— Deixe ver.
O defeito era simples. Deu mais trabalho remontar o que o velho havia desmontado, que consertá-lo. Ele me observava, por cima do ombro. Quando terminei:
— Está pronto?
— Agora é só ligar.
— E vai funcionar?
— Experimente.
O homem ligou o aparelho e sintonizou numa estação. O som de um chorinho invadiu a loja. Ele tirou os óculos:
— Abro a loja às 8. Amanhã esteja na porta 15 minutos antes. Depois combinamos o seu *ordenado*.[2] Como é seu nome?
— Henrique Silva.
Eu tinha um emprego. O resto viria com o tempo.

CARLOS HEITOR CONY — Uma História de Amor

---

2. salário

EXERCÍCIOS

2. Complete:

a) O homem _____ uma placa na porta da oficina. (ver)
b) Os cobradores sempre _____ à loja, às segundas-feiras. (ir)
c) O empregado _____ contratado ontem. (ser)
d) O homem não _____ à oficina para cobrar. (ir)
e) O dono da loja e o garoto _____ Henrique consertando o rádio. (ver)
f) _____ bom ter conseguido o emprego. (ser)
g) Amanhã Henrique _____ para a oficina às 7.45hs. (ir)
h) Geralmente, eu _____ muitas pessoas desempregadas. (ver)

3. Siga o modelo:
Consertam-se rádios e aparelhos elétricos.
Rádios e aparelhos elétricos são consertados.

a) Vendem-se casas.

b) Dão-se aulas de português.

c) Comprar-se-ão objetos usados.

d) Têm-se lido jornais.

e) Espero que se fale a verdade.

f) Mataram-se os assassinos.

g) Antigamente não se encontravam muitos empregos.

4. Complete o quadro:

VERBO	PART. PAS. (adj)	PREFIXO DES
a) conhecer	conhecido	desconhecido
b) montar		
c) entender		
d) orientar		
e) ordenar		
f) centralizar		
g) acordar		
h) favorecer		
i) respeitar		

5. Com o verbo *dar* formam-se diversas expressões. Substitua-as nas frases pelos verbos abaixo:

ir embora	entender-se
ser difícil	ajudar
dedicar-se	ser à toa
desistir	ter bom resultado
resolver	improvisadamente

a) Pode ir *dando o fora*
   Pode ir embora

b) Por favor, você poderia me *dar uma mão?* Os pacotes estão pesados.
   _____

c) Ele *deu muito de si* às pesquisas.
   _____

d) Ele tinha concordado em viajar conosco, mas depois *deu para trás*.
   _____

e) Todo o nosso trabalho não *deu em nada*.

f) *Deu mais trabalho* remontar o rádio.

g) Os alunos se dão bem.

h) A nossa invenção *deu certo*.

i) Na oficina, *deram um jeito* no problema do meu rádio.

6. Siga o modelo:
Faz dois dias que trabalho nele.
Trabalho nela há dois dias.

a) Faz dois dias que Henrique procura um emprego.

b) Faz tempo que o dono da loja atende os clientes às segundas-feiras.

c) Faz alguns meses que eu falo português.

d) Faz anos que moro no Brasil.

A farsa e os farsantes

1. Traduza o título do texto para sua língua.

2. Leia o texto e responda:
   a) Qual é a farsa?

   b) Quem são os farsantes?

A farsa e os farsantes

É na hora de levantar da mesa que a garota sente a dor. Morde os beiços[1], solta o grito:
— Papai!
O pai penteia a menor que vai ao colégio. Cabelos revoltos, cabeça mais revolta ainda, é um drama manter aqueles fiapos arrumados em cima do pequenino crânio que ele tanto ama.
— Que foi?
E antes de qualquer resposta, abre os braços para receber a filha que vem caindo, aos pedaços, o rosto vermelho, duas lágrimas súbitas correndo pelas gordas bochechas.
— Minha perna!
Recebe a filha nos braços, tenta forçá-la a andar, mas o corpo dela cai para o lado, a perna parece endurecida, como se fizesse parte de um outro organismo. Então apela para a força e levanta-a nos braços, já há muito não a segura assim, desde que começara a ficar mocinha. No trajeto da sala para o quarto lembra noites antigas, em que a menina acordava e pedia colo, ele ficava a noite inteira com o pequenino corpo nos braços, andando pelo escuro com sua preciosa carga feita de amor, medo e duas mãozinhas que o agarravam quando tentava deitá-la outra vez na cama.

Agora, o corpo cresceu, pesa em seus braços, mas a fragilidade da menina é a mesma.

---

1. lábios

A menor fica pelos cantos, a cara amarrada[2], rosnando[3]. Numa pausa, enquanto procura a pomada para fazer a fricção doméstica, vê a menor tirando o uniforme.
— Quê que é isso? Você não vai ao colégio?
A resposta é negativa. Se a outra não vai, ela também não vai. O pai argumenta com a dor, a pomada cor de iodo que começa a esfregar pelos joelhos da outra, mas a menor é sábia e vil quando insinua.
— Isso é embromação[4], papai! Ela não tem nada!
A vontade da primeira é esfregar pomada no nariz dela. Nunca a mais velha fingiria a esse ponto. Espinafra a menor, cita exemplos antigos e convincentes, apanha a merendeira e a pasta, empurra-a pelo elevador, e quase se esquece de recomendar à empregada para desculpar a falta da outra.
E a outra faz o seu papel de dor e impotência. As lágrimas secam, mas a perna ainda dói — e ele descobre um vermelhão perto dos joelhos e teme. Olha uma velha imagem de Santa Luzia que a mãe lhe havia dado, pensa mecanicamente em rezar, pedir proteção para aquele joelho, mas assim também não, é covardia demais, e prefere telefonar para o médico.
Quando acaba de discar, e antes de o médico atender, a filha já se levantara e correra ao telefone para cortar a ligação.
— Não precisa não, papai, eu já estou boa!
— O quê!

---

2. cara feia
3. resmungando
4. mentira

E novo pranto, desta vez mais sincero: aos soluços, a verdade é dita:
— Eu não sabia nada para a prova, papai!
Alisa os cabelos da filha, feliz já de não ser nada. E a certeza de que a filha não tivera nada lhe dá súbita e incontrolada ternura. Beija-a avidamente, reencontrado em sua rotina e sossego.
— E agora?
Agora, é tratar de passar a tarde juntos, como há muito tempo não passavam. Desencavam velhas revistas, deitam-se na cama e ficam vendo figuras, depois jogam uma partida de batalha naval. A6, F7, D8 — água.
Acerta uma parte do cruzador. Água. Ela ganha por dois submarinos e um pedaço de avião.
— Vamos fazer banana frita?
Enxotam[5] as duas empregadas da cozinha e fazem, eles mesmos, a banana frita, e comem com avidez e grandes goles de guaraná. Até que, de repente, quando maior é a comilança, ouvem o barulho do elevador que pára no andar.
— É ela!
Pelo jeito furioso de bater a campainha, é mesmo a menor que volta do colégio. Então, pai e filha olham-se nos olhos e correm para o quarto. Quando a outra chega, encontra a irmã gemendo sobre a cama, e o pai, apreensivo[6] e corrupto, abaixando o termômetro com grandes solavancos, para ver se a febre já tinha passado.

CARLOS HEITOR CONY — Antologia Escolar de Crônicas

---

5. espantam
6. preocupado

EXERCÍCIOS

3. Encontre no texto as palavras da horizontal. Na vertical deverá aparecer o nome daquele que mente, que finge:

1) delicadeza, fraqueza
2) fiozinho, fio fraco
3) segurar com força
4) situação armada, mentira
5) apresentar argumentos
6) dar a entender, falar indiretamente
7) desarrumado, desalinhado
8) a parte mais saliente de cada lado do rosto

4. Complete.

a) O pai_____ que a doença fosse grave. (recear)

b) Eu sempre_____ com minhas filhas. (passear)

c) Ontem eles_____ antes de sair. (pentear-se)

d) Espero que ele_____ os cabelos depressa. (pentear)

e) Antigamente João_____ todos os dias. (barbear-se)

f) Eu pedi que eles_____ juntos. (passear)

g) Se eu tiver tempo,_____ os cabelos na cabeleireira. (pentear)

h) Ele _____ todas as manhãs. (barbear-se)

i) Nós _____ que eles cheguem atrasados. (recear)

5. Siga o modelo:
   Se ela não for (à escola), também não irei.

   a) fazer o trabalho
   _____

   b) vir para a aula
   _____

   c) ver o filme
   _____

   d) dizer a verdade
   _____

   e) trazer o dinheiro
   _____

   f) pôr os livros na estante
   _____

6. Com as frases do exercício 5, siga o modelo:
   Se ela não for à escola, também não irei.
   Ainda que ela vá à escola, não irei.

   a) _____
   b) _____
   c) _____

d) _____
e) _____
f) _____

7. Complete com: maior, menor, melhor, pior.

A filha_____ vai para a escola; a_____ não sai de casa, está doente. O pai telefona para o médico porque tem medo que ela fique_____. Depois, quando sabe a verdade, o pai acha _____ participar da farsa.

8. Complete com: a, para, de, em, do

   a) O pai tenta forçá-la_____ andar.

   b) Ele só pensa_____ rezar.

   c) Ele quase se esquece_____ avisar a professora.

   d) Ele começa_____ esfregar a pomada.

   e) A pomada é _____ fazer fricção.

   f) A menor volta furiosa_____ colégio.

   g) Pai e filha correm_____ o quarto.

   h) O pai telefona_____ o médico.

A Festa

1. Quais destas palavras você associa com o título?

muita gente   comida boa   flores   cerveja
dança   música   **FESTA**   comida simples   tristeza
luz   lanchonete   alegria   vinho

2. Leia o texto e marque a figura que se relacione à história:

a

b

Festa

Atrás do balcão, o rapaz de cabeça pelada e avental olha o crioulão de roupa limpa e remendada, acompanhado de dois meninos de tênis branco, um mais velho e outro mais novo, mas ambos com menos de dez anos. Os três atravessam o salão, cuidadosa mas resolutamente, e se dirigem para o cômodo dos fundos, onde há seis mesas desertas. O rapaz de cabeça pelada vai ver o que eles querem. O homem pergunta em quanto fica uma cerveja, dois guaranás e dois pãezinhos.
— Duzentos e vinte.
O preto concentra-se, aritmético, e confirma o pedido.
— Que tal o pão com molho? — sugere o rapaz.
— Como?
— Passar o pão no molho da almôndega[1]. Fica muito mais gostoso.
O homem olha para os meninos.
— O preço é o mesmo — informa o rapaz.
— Está certo.
Os três sentam-se numa das mesas, de forma canhestra[2], como se o estivessem fazendo pela primeira vez na vida.
O rapaz de cabeça pelada traz as bebidas e os copos e, em seguida, num pratinho, os dois pães com meia almôndega cada um. O homem e (mais do que ele) os meninos olham para dentro dos pães, enquanto o rapaz cúmplice se retira.

---
1. bolinho de carne
2. desajeitada

Os meninos aguardam que a mão adulta leve solene o copo de cerveja até a boca, depois cada um prova o seu guaraná e morde o primeiro bocado do pão.

O homem toma a cerveja em pequenos goles, observando criteriosamente o menino mais velho e o menino mais novo absorvidos com o sanduíche e a bebida.

Eles não têm pressa. O grande homem e seus dois meninos. E permanecem para sempre, humanos indestrutíveis, sentados naquela mesa.

WANDER PIROLI

 EXERCÍCIOS

3. Explique o título.
   Por que o rapaz oferece o molho?

4. Por que o rapaz lhes trouxe a almôndega?

5. Siga o modelo:

   ...Olha o crioulo grande de roupa limpa.
   ...Olha o crioulão de roupa limpa.

   a) O rapaz abre a janela grande.

   O rapaz abre o _____ .

   b) Os três atravessaram a sala grande.

   Os três atravessaram o _____ .

   c) Ele olha para o menino grande.

   Ele olha para o _____ .

   d) O menino comeu um sanduíche grande.

   O menino comeu um _____ .

6. Siga o modelo:

   O rapaz traz os dois pães num prato pequeno.
   O rapaz traz os dois pães num pratinho.

   a) Os três sentam-se numa mesa pequena.

   Os três sentam-se numa _____ .

   b) Ele pedem um pão pequeno.

   Eles pedem um _____ .

   c) O menino pega o pão com a mão pequena.

   O menino pega o pão com a _____ .

   d) O homem toma a cerveja em pequenos goles.

   O homem toma a cerveja em _____ .

7. Complete com menos, muito, mais, nada:

   a) Um sanduíche com molho custa_____ do que uma refeição.
   b) Eles não comem_____ nada, só o pãozinho.
   c) O pai pensa que pão com molho custa_____ caro do que só pão.
   d) Os filhos não falam_____.
   e) A família está_____ feliz com a comida.

8. Relacione:

   ( ) a...roupa limpa e *remendada*   1. careca
   ( ) b...atravessam o salão
   resolutamente.   2. sai
   ( ) c...O rapaz de cabeça pelada   3. consertada
   ( ) d...O rapaz cúmplice *se retira*   4. esperam
   ( ) e...Os meninos aguardam   5. pedaço
   ( ) f...morde o primeiro bocado de
   pão.   6. decididamente

9. Siga o modelo:

   A família entra no bar *com resolução*.
                         resolutamente.
   a) Eles comem *com calma*.
   _____

   b) Eles atravessam o salão *com cuidado*.
   _____

   c) O pai observa *com critério* os filhos.
   _____

   d) A família não almoça *com pressa*.
   _____

e) Os meninos aguardam que o pai tome a cerveja *com solenidade*.

_____

A cesta

1. Leia a primeira parte do texto e caracterize o homem e a mulher

grande escritor/a
mulher   alvoroçado/a   realista   querido/a
             idealista   generoso/a
choroso/a   gostava de bons vinhos   de bem
                    sonhador/a   honesto/a   homem
materialista   prudente   desconsolado/a   curioso/a

A cesta

Quando a cesta chegou, o dono não estava. Embevecida[1], a mulher recebeu o presente. Procurou logo o cartão, leu a dedicatória destinada ao marido, uma frase ao mesmo tempo amável e respeitosa.

Quem seria? Que amigo seria aquele que estimava tanto o marido dela? Aquela cesta, sem dúvida nenhuma, mesmo a uma olhada de relance, custava um dinheirão. Como é que ela nunca tivera notícia daquele nome? Ricos presentes só as pessoas ricas recebem. Eles eram remediados, viviam de salários, sempre inferiores ao custo das coisas. Sim, o marido, com o protesto dela, gostava de bons vinhos e boa mesa, mas isso com o sacrifício das verbas reservadas a outras utilidades.

De qualquer forma, aquela cesta monumental chegava em cima da hora. E se fosse um engano? Não, felizmente o nome e o sobrenome do marido estavam escritos com toda a clareza e o endereço estava certo.

Alvoroçada[2], examinou uma a uma as peças envoltas em flores e serpentinas de papel colorido. Garrafas de uísque escocês, champanha francês, conhaque, vinhos europeus, pâté, licores, caviar, salmão, champignon, uma lata de caranguejos japoneses... Tudo do melhor. Mulher prudente, surrupiou umas garrafas e escondeu-as nas gavetas femininas do armário. Conhecia de sobra a generosidade do marido: à vista daquela cesta farta, iria convidar todo o mundo para um devastador banquete. Isto não tinha nem conversa, era tão certo quanto dois

---
1. extasiada, enlevada
2. agitada

e dois são quatro. Mas quem seria o amigo? Esperou o regresso do marido, morrendo de curiosidade.

E ei-lo que chega, ao cair da noite, cansado, sobraçando[3] duas garrafas de vinho espanhol, uma garrafa de uísque engarrafado no Brasil, um modesto embrulho de salgadinhos. Caiu das nuvens ao deparar com a gigantesca cesta. Pálido de espanto, não tanto pelo valor material do presente (era um sentimental), mas pelo valor afetivo que o mesmo significava, começou a ler o cartão que a mulher lhe estendia. Houve um longo minuto de densa expectativa, quando, terminada a leitura, ele enrugou a testa e se concentrou no esforço de recordar. A mulher perguntava aflita:

— Quem é?

2. Imagine o fim da história.

O que você acha?

- [ ] a) O marido sabe de quem é a cesta.
- [ ] b) O marido não sabe de quem é a cesta.
- [ ] c) Ele convida os amigos para uma grande festa.
- [ ] e) Ele não quer a cesta e a devolve.
- [ ] f) Ele dá as coisas da cesta para os pobres.

Outras idéias?

_____
_____
_____
_____
_____

---

3. abraçando

Mais da metade da esperança dela desabou com a desolada resposta:

— Esta cesta não é para mim.

— Como assim? Você anda ultimamente precisando de fósforo.

— Não é minha.

— Mas olhe o endereço: é o nosso! O nome é o seu.

— O meu nome não é só meu. Há um banqueiro que tem o nome igualzinho. Está na cara que isto é cesta pra banqueiro.

— Mas, o endereço?

— Deve ter sido procurado na lista telefônica.

Ela não queria, nem podia, acreditar na possibilidade do equívoco.

— Mas faça um esforço.

— Não conheço quem mandou a cesta.

— Talvez um amigo que você não vê há muito tempo.

— Não adianta.

— Você não teve um colega que era muito rico?

— O nome dele é completamente diferente. E ficou pobre!

— Pense um pouco mais, meu bem.

Novo esforço foi feito, mas a recordação não veio. Ela apelou para a hipótese de um admirador. Afinal, ele era um grande escritor, autor de um romance que fizera sucesso e de um livro para crianças, que comovera leitores grandes e pequenos.

— Um fã, quem sabe é um fã?

— Mulher, deixa de bobagens... Que fã coisa nenhuma!

— Pode ser sim! Você é muito querido pelos leitores.

A idéia o afagou[4]. Bem, era possível. Mas, em hipótese nenhuma, ficaria com aquela cesta, caso não estivesse absolutamente certo de que o presente lhe pertencia.
— Sou um homem de bem!
Era um homem de bem. Pegou o catálogo, procurou o telefone do homônimo banqueiro, falou diretamente com ele depois de alguma demora: não é muito fácil um desconhecido falar a um banqueiro.

Aí, a mulher ouviu com os olhos arregalados e marejados:
— Pode mandar buscar a cesta imediatamente. O senhor queira desculpar se minha mulher desarrumou um pouco a decoração. Mas não falta nada.

A mulher foi lá dentro, quase chorando, e voltou com umas garrafas nas mãos.
— Eu já tinha escondido estas.
— Você é de morte. Coloque as garrafas na cesta.

Vinte minutos depois, um carro enorme parava à porta, subindo um motorista de uniforme. A cesta engalanada[5] cruzou a rua e sumiu dentro do automóvel. Ele sorria, filosoficamente. Dos olhos da mulher já agora corriam lágrimas francas. Quando o carro desapareceu na esquina, ele passou o braço em torno do pescoço da mulher:
— Que papelão, meu bem! Você ficou olhando para aquela cesta como se estivesse assistindo à saída de meu enterro.

E ela, passando um lenço nos olhos:
— Às vezes é duro ser casada com um homem de bem.

PAULO MENDES CAMPOS

---

4. agradou, acariciou
5. enfeitada

EXERCÍCIOS

3. O que você teria feito com a cesta?

_____
_____
_____
_____

4. Relacione:
( ) 1. Aquela cesta a uma olhada *rápida*.   (a) remediados
( ) 2. Eles *não* eram *pobres nem ricos*.   (b) está na cara
( ) 3. A mulher *roubou* umas garrafas   (c) de relance
( ) 4. Esperou *a volta* do marido.   (d) do equívoco
( ) 5. ...com *muita* curiosidade.   (e) de morte
( ) 6. *É lógico* que isto é cesta para
banqueiro   (f) duro
( ) 7. ...acreditar na possibilidade *do
engano*   (g) morrendo de
( ) 8. Você é *terrível*   (h) surrupiou
( ) 9. ...é *difícil* ser casada com um
homem de bem   (i) o regresso

5. Complete com os verbos no perfeito:

a) O marido_____ coragem de devolver a cesta. (ter)

b) Ele sempre_____ um escritor muito querido. (ser)

c) A mulher_____ esperando o marido por um longo tempo. (estar)

d) O marido e a mulher_____ o cartão. (ler)

e) Eles não_____ ficar com a cesta. (poder)

f) A mulher não_____ acreditar no engano. (querer)

g) O marido_____ uma ligação para o banqueiro. (fazer)

h) Eles _____ a cesta saindo do prédio. (ver)

i) A mulher_____ o marido telefonar para o banqueiro. (ouvir)

6. Uma garrafa de uísque engarrafado no Brasil.

	en	garrafa	do/a
a. garrafa			
b. lata			
c. cabeça			
d. ruga			
e. pacote			
f. caderno			

1. Não gosto de comida _____
2. A reunião foi _____ pelo diretor
3. A coleção já foi _____
4. A encomenda precisa ser _____
5. O rosto de João está muito _____
6. O vinho foi _____ na França.
7. Passe para a voz passiva:

   a) O marido fez um novo esforço.
   Um novo esforço foi feito pelo marido

   b) A mulher leu o cartão.
   _____

   c) Ele examinou os objetos da cesta.
   _____

d) O marido fez um esforço para se lembrar.

_____

e) A esposa colocou as garrafas na cesta.

_____

f) A mulher recebeu o presente.

_____

Biografias

Chico Anísio

Francisco Anísio de Oliveira Paula Filho, dito Chico Anísio, nasceu (como, bem antes dele, Capistrano de Abreu) em Maranguape, perto de Fortaleza, Ceará, e ali o menino viveu até os 8 anos, quando a família veio para o Rio.

Aos 16 anos meteu-se num concurso aberto pela Rádio Guanabara para formar elenco de rádio-atores. Os candidatos eram mais de 600; os aprovados (25) fizeram um cursinho de dois meses "em que o Alfredo Souto de Almeida me ensinou tudo o que sei de teatro". A estréia era na Rádio Ministério da Educação.

Na Rádio Guanabra foi locutor de madrugada, galã de novela, narrador e locutor esportivo.

Fazia também papéis característicos, como gago, bêbado, preto velho, idiota, essas coisas.

Depois de vários empregos mal-sucedidos começou a acertar a mão quando foi levado a redigir programas 80% humorísticos.

Foi a essa altura que começou a escrever roteiros e diálogos para filmes. Sua estréia na televisão foi em 1957, imaginando e escrevendo coisas. Como ator começou a chamar a atenção em "Noites Cariocas". Em 1963 funda uma organização para fazer programas em vídeo-tape, que era novidade. Em 1964, resolve tentar o teatro a seco, sem tevê, e o show "Chico Anísio". Só foi um sucesso. Continua na tevê (Tupi, Record, hoje na Globo) mas aprendeu que seu show individual é a grande coisa, e o transporta a todas as partes do Brasil, muitas dezenas de teatros e clubes. Carrega um fantástico material eletrônico áudio-visual e uma equipe musical e técnica, ele como ator único.

Essas temporadas através do Brasil batendo recordes de bilheteria, seus êxitos como empresário e homem de cinema, suas aparições na tevê, fizeram de Chico, entre milhões de gargalhadas, uma das figuras mais queridas do grande público brasileiro.

Quanto ao mais, uma casa na Urca, um sítio em Piraí com mil divertimentos, inclusive dois campos de futebol (um com iluminação a mercúrio), férias na Europa, ações em indústrias de plástico do Ceará e muitas outras, dois casamentos, quatro filhos, uma disposição incrível para trabalhar, faturar e gastar, muita boa vontade com a humanidade, e agora — um livro.

Moacyr Scliar

Gaúcho de Porto Alegre, Moacyr Scliar nasceu em 1937. Alfabetizado precocemente pela mãe ele começa a rabiscar historinhas desde criança e já aos 15 anos vê seu primeiro trabalho literário — um conto — publicado em jornal e em 1956 ganha seu primeiro prêmio (1º lugar) no Concurso de Contos da União Internacional de Estudantes.

Em 1962 se forma médico e começa a dividir suas atividades entre a medicina e a literatura "com muita dificuldade, mas com muita satisfação" em suas próprias palavras. Ganhou numerosos prêmios literários, entre eles: Prêmio Guimarães Rosa (Governo de Minas Gerais), Prêmio Érico Veríssimo, Prêmio Associação Paulista de Críticos de Arte, Prêmio Pen Clube do Brasil, Prêmio Casa de las Américas.

É autor de trinta livros (romance, conto, crônica, ensaio), entre eles "O Centauro no Jardim", "O Exército de um Homem Só", "A Orelha de Van Gogh". Está traduzido em uma dezena de idiomas (inglês, francês, alemão, espanhol, sueco, polonês, búlgaro, hebraico). Colabora em vários periódicos do país e do exterior.

Marina Colassanti

Nasceu em Asmara, na Etiopia. Morou em Tripoli, na Líbia. Viveu na Itália. Veio viver no Brasil. E sempre que pode faz a mala e vai viver em outros lugares, nem que seja só por alguns dias. Quando lhe perguntam se é brasileira, hesita. Quando lhe perguntam se é italiana, hesita. Quando lhe perguntam o que é, gostaria de responder: sereia. Não tanto pelo mar, que habita o seu nome, mas por essa coisa de ser duas e ser uma só.

Começou, adolescente ainda, estudando pintura. Estudos que prosseguiu depois na Escola de Belas Artes, e que prolongou por algum tempo, dedicando-se também à gravura. Porém, mais ainda que ser artista, queria ser independente. E, para ganhar sua vida, encostou palheta e cavalete, e foi ser jornalista.

Em 11 anos de Jornal do Brasil, sempre no Caderno B, fez de tudo. Foi Secretária de texto, colunista, chefe de reportagem, sub editora, editora de suplemento infantil, cronista e ilustradora. Em suma, foi jornalista. E, como todo jornalista, ia fazendo também outros trabalhos, televisão, artigos para revistas, traduções, publicidade.

Marina Colassanti não diz que só faz aquilo de que gosta. Mas confessa que acaba sempre gostando daquilo que faz.

É uma mulher voltada para o espelho. Não para admirar seu próprio rosto, mas para interrogar sua identidade mais profunda, a identidade feminina. Por conta dessa interrogação, acabou desenvolvendo um trabalho feminista, não só através de artigos publicados durante 18 anos na revista Nova, mas também de livros, conferências, e da sua atuação no Conselho Nacional dos Direitos da Mulher.

Sendo sereia, canta. Mas como não tem boa voz, o faz através de contos de fada. Nos quais, garante quem os leu, é afinadíssima.

Carlos Heitor Cony

Carlos Heitor Cony nasceu no Rio de Janeiro, a 14 de março de 1926. Fez curso de humanidades e filosofia no Seminário do Rio Comprido. Em 1945 abandonou a vida religiosa e começou a trabalhar no jornalismo como colaborador. Em 1955 começa a escrever o seu primeiro romance, *O Ventre*, que é publicado em 1958. Ganha por duas vezes consecutivas o Prêmio Manuel Antônio de Almeida com os romances inéditos *A Verdade de Cada Dia* e *Tijolo de Segurança* que são editados em 1959 e 1960. Em 1960 ingressa no Jornal Correio da Manhã como redator, passando logo a editorialista e a editor. Inicia também a publicação de crônicas no Rio e em São Paulo (Folha de S. Paulo). Em 1961, sai o quarto romance, *Informação ao Crucificado*. E em 1962 uma coletânea de crônicas, *Da Arte de Falar Mal*. Em 1963 publica *Matéria de Memória*. No ano seguinte, juntamente com a 2ª edição de *Matéria de Memória*, lança *Antes, o Verão* e um livro de crônicas políticas, *O Ato e o Fato*.

Escreve uma novela para a televisão, que é retirada do ar por pressão da Secretaria de Segurança do Estado da Guanabara.

Em 1966, dois de seus romances são filmados: *Matéria de Memória*, e *Antes, o Verão*. Ainda de 1966 é o romance *Balé Branco* a coletânea de crônicas *Posto Seis* e o ensaio *Chaplin*. Em 1967 sai o romance *Pessach: a Travessia*, que recebe tradução de Jorge Humberto Robles para a edição mexicana da Editorial Extemporaneos. Publica também um livro de contos, *Sobre Todas as Coisas*.

Em 1968, foi jurado do Premio Casa de Las Americas, em Havana, juntamente com Miguel Angel Asturias, Jorge Semprun e José Maria Arguedas. Em 1970, ingressa na Bloch Editores, dirigindo as revistas Ele Ela e Desfile.

A crítica vê em Cony "o representante principal do neo-realismo brasileiro" (Otto Maria Carpeaux in *Pequena Bibliografia da Literatura Brasileira*) e Gilberto Amado considerou o "um momento excepcional em nossa literatura". Paulo Ronai, em prefácio à segunda edição de *A Verdade de Cada Dia*, diz de sua obra: "Romances chocantes e pungentes que já garantiram a Cony um lugar definitivo na história da ficção brasileira". Seus livros são periodicamente reeditados.

Wander Piroli

Mineiro de Belo Horizonte, nasceu em 1931. Filho de operários. Em 1951, o *ESTADO DE MINAS* publica seu primeiro trabalho "O troco" vencedor do concurso de contos da Prefeitura de Belo Horizonte. Forma-se em Direito pela UFMG e se casa aos 27 anos. No final de 1962, deixa a advocacia e cai no jornalismo. Em 1964, perde o emprego e vive de pequenos expedientes. Por iniciativa do amigo Jacob Cajaíba, em 1966 a Imprensa Oficial publica seu primeiro livro, "A mãe e o filho da mãe". Em 1976, ganha o prêmio Jabuti, da Câmara Brasileira do Livro, com "Os rios morrem de sede". Tem várias obras traduzidas no exterior.

Paulo Mendes Campos

Nasceu em Belo Horizonte. Quando ainda estava no ginásio, certo dia, resolveu fugir para Mato Grosso com dois amigos. Pegou o revólver do pai e comprou provisões num armazém onde a família tinha conta. Com isso, mais cara e coragem, os três amigos afundaram-se no mato, passando a noite na casa de um velho lenhador. Mas, desconfiando do que acontecia, o velho conseguiu fazer com que os três desistissem da aventureira empreitada. Dissera a eles que "o mundo era muito grande e mau...". Parece que isso fez efeito e os meninos voltaram. Mas antes de chegarem em casa, resolveram comemorar dando uma salva de tiros.

Queria ser aviador militar. Conseguiu entrar na Escola Preparatória de Cadetes, em Porto Alegre, mas ficou lá apenas um ano — acabou percebendo que a rigidez disciplinar, no seu dia-a-dia, ofuscava a imagem romântica que tinha da vida militar. Voltou para Belo Horizonte, onde começou a conviver com escritores como Otto Lara Rezende, Fernando Sabino, Hélio Pellegrino, João Etienne e a interessar-se por literatura.

Um sonho de Paulo Mendes Campos era morar no Rio. Em agosto de 1945, foi lá passar três dias para conhecer o grande poeta chileno Pablo Neruda, que visitava o Brasil. Ficou um mês e voltou a Belo Horizonte só para trazer a bagagem e despedir-se da família.

Passou a morar no Rio. Colaborou em *O Jornal*, foi redator no *Correio da Manhã*, tornou-se redator de serviço público, foi diretor da Divisão de Obras Raras da Biblioteca Nacional.

Não morre de amores pelo jornalismo e trabalha nele por necessidade.

Acha que é uma ótima experiência por algum tempo, mas depois pode acabar prejudicando. Só que também não acredita no escritor que não saiba fazer uma notícia de jornal.

Referências Bibliográficas

CAMPOS, Paulo Mendes. "A cesta". In: *Supermercado*. Editora Tecnoprint, Rio de Janeiro, 1976.
CHICO ANÍSIO. "Crime perfeito". In: *Feijoada no Copa*. Contos. Editora Rocco, Rio de Janeiro, 1976.
CONY, Carlos Heitor. "O emprego". In: *Uma história de amor*. Ediouro, Rio de Janeiro, 1975.
_____. "A farsa e os farsantes". In: *Porto 6*. Ed. Civilização Brasileira, Rio de Janeiro, 1965.
COLASSANTI, Marina. "Eu sei, mas não devia". In: *Reunião técnica sobre recursos instrucionais na formação profissional*. Publicação do CENAFOR, São Paulo, 1985.
PIROLI, Wander. "A festa". In: *A mãe e o filho da mãe*. Comunicação, Belo Horizonte, 1966.
SCLIAR, Moacyr. "Ano novo, vida nova". In: *A balada do falso Messias*. Editora Ática S.A., São Paulo, 1976.

≡PARMA
Impresso nas oficinas da
EDITORA PARMA LTDA.
Telefone: (011) 912-7822
Av. Antonio Bardella, 280
Guarulhos - São Paulo - Brasil
Com filmes fornecidos pelo editor